Les Turpitudex

LITTÉRAIRES.

Satire.

Quæque ipse miserrima vidi ! ! ! !
Virg. AEn.

PARIS

CHEZ LES MARCHANDS DE NOUVEAUTÉS.

1825.

LES
TURPITUDES LITTÉRAIRES.

———⊷◈⊶———

Satire.

Les TURPITUDES LITTÉRAIRES;

Satire,

Par Boissière.

Quæque ipse miserrima vidi! !
Virg. AEn.

PARIS,

CHEZ LES MARCHANDS DE NOUVEAUTÉS.

1825.

LES

TURPITUDES LITTÉRAIRES.

Bon Dieu ! qu'avec douceur on critique aujourd'hui !
En condamnant un fat, on va dîner chez lui ;
Et de pâles frondeurs, qui craignent le scandale,
La fureur anodine en vains discours s'exhale !...
C'est en vain qu'ils ont vu, pour des dieux différens,
Sur les mêmes autels fumer le même encens ;

Le chantre fortuné du vieux Lajobardière
De la noire Atropos arborer la bannière ;
Maint biographe plat, quêtant un immortel,
D'un indolent ventru faire un Guillaume Tell ;
C'est en vain qu'ils ont vu les savantes manœuvres
De quelques charlatans qui, publiant leurs œuvres,
Vont, fiers de leurs faux pas dans le sacré vallon,
Chercher des souscripteurs de salon en salon !....

Qu'on traite avec égard ce jeune romantique
Qui cache dans les cieux son front mélancolique,
Et parle sur le ton d'un rentier gémissant
Devant ses revenus allégés d'un pour cent,
Soit... Dans ses vers obscurs, malgré le clair de lune,
Il me dépeint ses jours tissus par l'infortune ;
Et, jusque dans les bras d'une douce beauté,
Argumente en rhéteur sur la fatalité.

Son délire est au moins tant soit peu littéraire :
Il n'imitera pas ce bel-esprit libraire,

Que maint auteur fameux, niaisement commenté,
Engraisse, après sa mort, de sa célébrité,
Et dont, par son contact, les pages outragées
Se montrent au public de notes surchargées.
Un pompeux prospectus nous révèle son nom ;
Dans un vers à reprendre il régente un pronom ;
De la mort d'un grand homme il rétablit la date,
Et de détails noyés dans une prose plate,
Sans relâche flanquant son génie inventif,
En sixième refoule un lecteur attentif.

C'est beaucoup, mais pourtant ce ne sont pas des titres
Qui nous fassent du goût proclamer les arbitres.
Je veux que pour les siens un auteur soit cité.
M'ennuyât-il au nom de sa célébrité,
J'aime à savoir qu'il est de telle académie ;
Que les départemens sont pleins de son génie ;
Qu'autrefois on l'a vu, dans ses jours de splendeur,
A la suite d'un comte ou d'un ambassadeur.
Ses noms, ses qualités arrangés à la file,
Comme six noms d'auteurs au bas d'un vaudeville,

Viendront me déclarer que, depuis quelques mois,
Sa muse a mérité les honneurs de la croix.
Il se montre escorté d'un mémoire historique,
Ou bien d'un lourd roman lardé de politique.
Mon nom remplit, dit-il, la ville et les faubourgs ,
Car il est affiché dans tous les carrefours !...
Et, pour en décorer les vitres des libraires ,
J'ai fait graver exprès de nouveaux caractères....
Eh! bon Dieu ! je le sais : mes regards fatigués
Parmi d'autres déjà les avaient distingués.
En écrivains fameux peu de siècles sont riches :
Le nôtre heureusement est celui des affiches.
D'innombrables placards , qui tapissent les murs,
Révèlent tous les jours des flots de noms obscurs ;
Et le moindre opuscule , en paraissant , fait naître,
Pour décliner son titre, une affiche d'un mètre ;
Tandis que, dans sa course, un génie éreinté,
Qui greffe ses lauriers sur sa stérilité ,
D'un laconisme froid affectant l'impudence,
Dédaigne de parler pour nous prouver qu'il pense.

Mais, dans tous les travers que j'ai peints jusqu'ici,
Le mal se borne encore à du papier noirci !!!

Plût à Dieu que celui qui de rimer s'avise,
En nous faisant bâiller, prît l'honneur pour devise,
Et n'allât point, séduit par un honteux calcul,
Se donner d'autre tort que celui d'être nul !...

Mais quel ramas impur d'écrivassiers novices,
Beaux-esprits ignorés, et connus par leurs vices !...
Aux mœurs, à la vertu, Valsin donne le ton;
Sous les traits de Faublas, c'est un nouveau Caton !
Suivant, depuis quinze ans, la sagesse à la piste,
Pour être quelque chose il s'est fait moraliste;
Et, plein de son sujet, cet écrivain loyal,
Quand il prêche les mœurs couche au Palais-Royal.

Près de lui brille Iris qui l'a choisi pour maître :
Iris, à quatorze ans, était homme de lettre,
Et va, pour publier son talent virginal,
Au prix de ses faveurs acheter un journal !

Chut!... qui met en rumeur ce frondeur téméraire?
D'une lieue on l'entend crier à l'arbitraire!...
Dans la nuit de l'erreur élevant un fanal,
Il traduit les abus devant son tribunal!
Oui... mais que pour dompter son importun vacarme,
Survienne un commissaire, escorté d'un gendarme,
A genoux vous verrez ce farouche Stentor
D'une voix de castrat confesser qu'il a tort!

Comme nos gens en place et comme nos tartufes,
Dorlis est pénétré du mérite des truffes.
Intrépide convive, à la table d'un sot
Il s'érige en bouffon pour payer son écot.
L'aspect seul d'un rosbif fait tressaillir sa plume,
C'est au feu des fourneaux que sa verve s'allume.
Comus long-temps encor lui promet ses faveurs.
Aujourd'hui les dîners ont leurs législateurs;
De la cuisine on fait le sanctuaire auguste,
Où du peuple gaulois le destin se déguste.
Et quand le commerçant, foulé par les impôts,
Court enrichir le fisc du fruit de ses travaux;

Quand le cultivateur, dans un sol infertile,
Accablé sous le faix, trace un sillon stérile;
Quand le souffle glacé des fougueux aquilons
De nos ceps dévastés disperse les bourgeons,
Que de gens à l'humeur égoïste et servile,
Trouvent le peuple heureux lorsqu'ils dînent en ville!

Ah! malheur à celui dont l'ingénuité
Dans les écrits du jour cherche la vérité!
Eh quoi! c'est du manteau de la littérature
Que l'on couvre aujourd'hui la fraude et l'imposture!
C'est au nom d'Apollon qu'on se fait diffamer!
On ne pourra plus être un cuistre sans rimer!
Tout abus de pouvoir, tout crime politique;
Est à l'instant couvert d'un vernis poétique;
Et de s s lourds flons flons s'il sait faire trafic,
Tout flasque chansonnier peut tromper le public.

J'ai vu, dépossédés de leur fortune altière,
Nos soldats palpitans couchés sur la poussière,

Et j'entendis, non loin de leurs tombeaux déserts,

Dé lâches rimailleurs retentir les concerts.

En vain quelques auteurs d'une voix courageuse

Signalent des abus la marche tortueuse,

Leurs cris, leurs nobles cris expirent confondus

Avec ceux que le vice aux faux dieux a vendus.

Ici, de beaux-esprits la tourbe criminelle,

Au char de nos Séjan dans Rome en pleurs s'attèle,

Ou chante l'intrigant hérissé de joyaux,

Qui contre des aïeux troqua ses bons royaux ;

Et là, du trois pour cent un hâbleur, la ressource,

Guinde sur le pavois l'Attila de la Bourse.

Répandant le venin de ses dogmes impurs,

Et spéculant déjà sur les abus futurs,

L'un nous prône ces temps où l'abbé le plus mince,

Sous la crasse du froc, marchait l'égal du prince ;

L'autre adore ces murs, où jadis les Châtels

Aiguisaient leurs poignards à l'ombre des autels.

Tantôt un imposteur, ignoble et versatile,

Noyant la vérité dans le fiel qu'il distille,

Ou du sans-culotisme étale les haillons,
Ou blasphème en chorus avec les Trestaillons !..
Tantôt un furieux, à la face bouffie,
Engraissé des langueurs de la philosophie,
Sucre un panégyrique ou griffonne un pamphlet :
Fatigué de dîner à dix sous le cachet,
D'habiter au septième où sa jeune faiblesse
Avait, pour seul trésor, l'instinct de la bassesse,
Il exploite ces grands, politiques pasquins,
Qui rampaient dans la poudre aux pieds de nos Tarquins ;
Et qu'on voit dans les rangs des élus diplomates,
Du joug qu'ils ont subi dérober les stigmates....
Leur faveur en palais transforme son taudis ;
Ses nombreux créanciers sont payés à crédits ;
Et des maux de la faim sa fureur délivrée,
De l'opprobre en voiture arbore la livrée !!!

Et toi, jeune intrigant, qui veux qu'un protecteur
Fasse souffler sur toi le vent de la faveur,
Suis ce rimeur obscur dont j'ai vu l'antichambre
Brûlante au mois d'août et glacée en décembre,

Recéler immobile, à son poste indiqué,
En habit de louage, un laquais efflanqué.
Qu'on entende en tous lieux ta muse mercenaire
Sans cesse improviser l'ivresse populaire :
Des acclamations, des vœux reconnaissans,
Au nez de tels patrons fais-moi fumer l'encens,
Ou même, pour servir ta faconde guindée,
Affirme qu'on ne peut s'en former une idée.
Ris de l'esprit chagrin poursuivant de ses cris
Le vice retranché sous de riches lambris ;
Dont le civisme pur sépare un nom auguste
Du blâme qui flétrit une mesure injuste. . .
Tu verras tout-à-coup dix censeurs sans pitié
De son pauvre opuscule abattre la moitié.
Que dis-je ! tu verras, sans respect pour Minerve,
Dans un obscur donjon claquemurer sa verve !
Par ceux dont ta bassesse a mérité l'appui,
Du tort d'avoir raison tu le verras puni :
Dire la vérité c'est troubler le bon ordre.
N'est-ce point en son nom que chacun trouve à mordre !

Dérobant son éclat dans l'abîme des cœurs,
Des Mandrins féodaux déjouant les fureurs,

Elle a pu traverser des siècles de misères

Pour étonner nos jours des forfaits de nos pères ;

Ainsi, vils serviteurs de maîtres bafoués,

Par le mépris public imposteurs tatoués,

Afin d'éterniser votre indigne mémoire,

Vos noms iront salir les pages de l'histoire.

Paris, Imprimerie de GAULTIER-LAGUIONIE.